I0684162

M. ROUHER

DEVANT

L'ASSEMBLÉE NATIONALE

Quidquid id est, timeo Danaos et dona ferentes.
(*Virgile.*)

Ce sera ce que vous voudrez; quant à moi, je crains les Grecs, malgré le don du libre échange qu'ils nous apportent.
(*Traduction pour le temps présent.*)

BÉZIERS

IMPRIMERIE A. MALINAS, RUE DE LA MADELEINE.

1872

M. ROUHER

DEVANT

L'ASSEMBLÉE NATIONALE

M. Rouher s'est trop hâté de renaître à la vie publique ;
il aurait dû attendre que les plaies de la France fussent
cicatrisées ou tout au moins fermées. Les convenances, une
sorte de pudeur exigeaient plus de réserve. La retraite sied
bien aux hommes d'État dont la politique a causé à la patrie d'immenses douleurs; on se retirait, autrefois, dans la
solitude pour y pleurer ses fautes ou les faire oublier ; ma's
les partisans des Bonaparte n'ont jamais compris les dé-
chéances définitives et en sont encore à l'espoir d'un pro-
chain retour de l'île d'Elbe. M. Rouher a sollicité et obtenu
de la Corse un siége à l'Assemblée ; a-t-il cédé à une ambi-
tion toute personnelle, au désir de recouvrer ses grandeurs
évanouies ? A-t-il été dominé par une volonté qui s'imposa
toujours à la sienne ? S'est-il enfin laissé séduire par les
adulations de ses amis le proclamant un grand homme
d'État ? On doit admettre ces divers mobiles. Quoiqu'il en
soit, le voilà à Versailles, où tout parle de notre gloire,

hélas, si amoindrie ! J'aime à croire que M. Rouher éprouve quelque confusion lorsque, traversant la cour d'honneur du château, il aperçoit, se dressant devant lui, les images de ceux qui ont fait la France si grande, et qu'il courbe humblement la tête devant les statues de Suger et de Richelieu, rappelant à tous ce qu'il faut de génie, de prévoyance et de sagesse pour manier les affaires de notre pays.

Quel sera le rôle de M. Rouher à l'Assemblée ? Se bornera-t-il à intervenir dans les questions d'intérêt matériel ? Abordera-t-il, au contraire, les questions qui se rattachent à la politique proprement dite ?

Si l'ex-ministre d'État se contente de rompre des lances avec M. Thiers sur les importations et les exportations, sur le fil, le coton et la laine ; s'il s'enferme dans la discussion du budget, de l'impôt sur le revenu ou les revenus et sur la taxe des matières premières ; en un mot, si M. Rouher ne s'occupe que de la défense du traité de commerce de 1860, les impatients du parti le forceront à entrer en campagne, enseignes déployées, et lui rappelleront le mandat impératif qu'ils lui ont donné. Ce n'est pas, en effet, pour de semblables débats qu'ils l'ont envoyé à Versailles. Il faudra donc que M. Rouher s'exécute ; il agira d'abord timidement et par insinuation, usera de force précautions oratoires ; puis, si l'Assemblée trop débonnaire ne l'arrête au début, il montrera bientôt, sortant des poches de son habit, *le bec et les serres de l'aigle*. A l'apologie de l'Empire, succéderont d'amères récriminations, d'abord contre le gouvernement du 4 septembre, ensuite contre celui de M. Thiers. M. Rouher, qui se vantait jadis de n'*avoir commis aucune faute*, tiendra, sans doute, à démontrer son infaillibilité et celle de son ancien maître et ira jusqu'à soutenir les thèses suivantes :

L'Empereur n'a pas voulu la guerre ; en la déclarant il

n'a fait que céder au vœu de la nation, qui la demandait à grands cris.

La France aurait pu opposer à la Prusse un million d'hommes, si l'opposition n'eut fait avorter les plans du maréchal Niel.

Ce n'est pas aux complaisances de l'Empire pour le soldat, en vue du vote plébiscitaire, que l'indiscipline de l'armée doit être attribuée, mais aux manifestes, aux proclamations séditieuses du radicalisme.

C'est également sur l'opposition que retombe la responsabilité du choix du maréchal Bazaine pour le commandement du 3me corps d'armée, etc., etc. (1).

Une autre thèse déjà singulièrement exploitée fournira à M. Rouher la matière de plusieurs discours. Nous voulons parler de la révolution du 4 septembre et des membres du gouvernement de la défense nationale. Que n'a-t-on pas dit et redit de ces messieurs ? On répondra sans doute à M. Rouher : Que les fautes de l'Empire et la catastrophe de Sédan n'avaient rien laissé debout et que, dans ce péril suprême de la nation, il fallait une direction quelconque ; que les violateurs, à main armée, des constitutions sont condamnés fatalement à être toujours heureux et que, dans l'infortune, le vice de leur origine entachée de violence rend leur chûte inévitable. On ajoutera que si un peuple se déshonore en abandonnant le chef de l'État tombé au pouvoir de l'ennemi après avoir vaillamment combattu, il peut

(1) Le silence gardé par la plupart des feuilles impérialistes à l'égard du maréchal Bazaine témoigne de la profonde indifférence et d'une certaine hostilité de ce parti envers l'ex commandant de l'armée du Mexique. Dans sa déposition devant la Commission d'enquête, M. Rouher s'est appliqué à mettre en relief les ressources considérables qui restaient au maréchal après les batailles de Borny et de Gravelotte, et a été, sur ce point, d'une exactitude im_pitoyable. L'attitude des bonapartistes dans cette circonstance est un mystère que dévoilera peut-être le procès qui s'instruit en ce moment.

se dispenser de tendre la main à celui qui, sur le champ de bataille, ne fut ni souverain, ni général, ni soldat. La France a toujours honoré le courage malheureux et payé la rançon de ses rois prisonniers ; mais saint Louis, Jean et François Ier ne se rendirent qu'après avoir frappé d'estoc et de taille les Sarrasins, les Anglais et les soudards allemands qui s'avançaient pour les saisir. Aussi le dernier de ces preux chevaliers eut-il le droit et la consolation d'écrire à sa mère : *Tout est perdu fors l'honneur*.

Comme on le voit, il ne sera pas difficile de réduire à néant les apologies et les justifications que M. Rouher se verra forcé d'entreprendre. Le silence gardé par M. Thiers, lors de la discussion sur les marchés, ne doit pas être pour l'ex ministre d'État un encouragement; la lutte engagée entre ce dernier et M. le duc d'Audiffret n'avait pas assez d'importance pour amener à la tribune M. le président de la République. Après *les légions de Varus* et les applaudissements unanimes de l'Assemblée, M. Thiers, excellent stratégiste, comme chacun sait, ne jugea pas utile de faire avancer *d'autres légions;* l'effet était produit et la bataille gagnée.

Le passage qui nous a le plus surpris dans le discours de M. Rouher est celui qui a trait à la responsabilité des derniers ministres de l'Empire et notamment de M. le ministre de la guerre. Cette responsabilité, malgré le sénatus-consulte de 1869, était illusoire et n'aurait pu, d'ailleurs, être exercée sans injustice ; *illusoire,* car le sénat seul pouvait accuser les ministres, et il était composé des créatures de l'empereur; *injuste,* puisque les ministres, dépendant uniquement du chef de l'État, n'étaient entre ses mains que des instruments aveugles et passifs. Pourquoi donc M. Rouher a-t-il tant insisté sur ce point? Serait-ce parce qu'à l'époque de la guerre il ne faisait plus partie du cabinet ?

A-t-il voulu se venger de M. Ollivier et suspendre sur sa tête une épée de Damoclès ? C'est ainsi que M. Louis Blanc paraît l'avoir compris, car il dressait déjà un acte d'accusation, et il sait par expérience comment on les rédige.

Quant à nous, nous ne croyons pas à la rancune de M. Rouher ; sa nomination à la présidence du sénat en avait déjà tempéré la violence, une communauté d'infortunes l'a, sans doute, entièrement bannie de son cœur.

Quel était donc l'objectif de cette machine de guerre ? C'était, à ne pas en douter, M. Gambetta, l'ex dictateur, qui, d'après M. Rouher, a eu toutes les audaces. Il aurait pu ajouter, même celle d'*Icare*.

Pour satisfaire les vengeances de son parti, M. Rouher suivra certainement la tactique inaugurée si bruyamment lors du procès de M. le général Trochu. Comme M. de Villemessant, les bonapartistes *y ont bu du lait* (1) et voudront en boire encore, non dans le prétoire trop étroit d'une cour d'assises, mais au sein même de l'Assemblée nationale, en présence de tous les représentants du pays.

M. Rouher fera bien, cependant, d'y regarder à deux fois, avant de déchaîner dans le palais de Versailles, devenu l'antre d'Éole, d'effroyables tempêtes. Que de récriminations, que d'objurgations, de malédictions et d'anathèmes ! quelle joie pour M. de Bismarck, quel dégoût pour le pays, que de germes de division et de haine ! Espérons que

---

(1) Expression dont s'est servi M. de Villemessant dans son interrogatoire. Les bonapartistes, qui avaient voulu écraser le général Trochu sous le poids de la haine et du mépris publics, se sont grossièrement trompés ; le général a trouvé dans Mgr l'évêque d'Orléans un digne garant de sa loyauté. Auprès de cet illustre témoignage et des applaudissements unanimes de l'Assemblée, lors du dernier discours du général, que valent et les odieuses comparaisons de Me Lachaud, et la lettre de l'ex empereur, offrant à M. Vitu d'acquitter de ses deniers l'amende infligée par la Cour à M. de Villemessant.

de pareils scandales nous seront épargnés et que nos misères ne s'étaleront pas au grand jour.

En envoyant M. Rouher à Versailles, les électeurs de la Corse ne l'ont pas couché sur un lit de roses ; l'Assemblée de 1871 ne ressemble en rien à ses aînées. On n'y voit ni chambellans, ni *officiels*, personne n'y porte l'étiquette ministérielle ou préfectorale. Jamais représentation ne fut plus librement élue. Quand la patrie, étendue sur le sol, le poignard sur la gorge et agonisant, était fatalement condamnée à la paix, qui choisit-elle pour panser ses blessures et la relever de sa chute ? d'honnêtes gens. Ces deux mots disent tout ; dans ce moment suprême, l'intrigue n'osait se montrer, la voix du patriotisme était seule entendue et la conscience dictait le vote.

Devant une Assemblée qui, dès ses premières séances, affirma ses tendances politiques en confiant à M. Thiers le pouvoir exécutif et en prononçant la déchéance, M. Rouher ne pourra évidemment avoir ses coudées franches. S'il tourne trop souvent les yeux du côté de Calais et de Douvres ; si, excité par d'imprudents amis et enivré de l'encens des missives impériales, il tente des apologies hors de propos et prépare des restaurations impossibles, il trouvera devant lui un mur d'airain formé par la fusion de tous les partis ; le percer sera bien difficile, y ouvrir une brèche assez large pour entrer dans la place, M. Rouher ne doit pas l'espérer. M. Thiers est un tacticien admirable qui déjouera toutes les manœuvres ; prophète avant la guerre, il n'abusera pas de l'immense avantage que lui donne sur M. Rouher l'accomplissement littéral de ses prédictions, mais enfin M. Thiers n'est pas endurant, et il ne faudrait pas trop l'aiguillonner.

Nous conseillons à M. Rouher de ne rêver ni plébiscites, ni champ de mai, ni articles additionnels aux constitutions de l'Empire. En dehors de la politique proprement dite, il est d'autres sujets qu'il pourra utilement aborder. L'Assemblée, qui veut avant tout le bien du pays, l'écoutera avec impartialité et n'hésitera pas à adopter ses idées si elles sont praticables et salutaires. Qu'il se borne donc à discuter les intérêts de l'agriculture, du commerce et de l'industrie, qui jouent un si grand rôle dans nos sociétés modernes. Il est vrai que dans de pareils débats l'éloquence ne peut ouvrir largement ses ailes et que Démosthènes ne serait point venu jusqu'à nous, s'il n'eut parlé que des comptoirs ou des colonies d'Athènes, des huiles de l'Attique, de mines du Laurium et du miel du mont Hymète; mais enfin c'est déjà une gloire qui en vaut bien une autre, d'éclairer son pays sur le moyen d'obtenir *la vie à bon marché*. Si M. Rouher a le bonheur de démontrer que depuis 1860, le libre échange a opéré cette merveille et réalisé le vœu de Sully et d'Henri IV, il aura remporté sur M. Thiers une éclatante victoire; mais la question est loin d'être résolue et M. Rouher aura bien des luttes à soutenir avant le triomphe de ses théories économiques.

Quoique les questions d'intérêt matériel soient d'une importance capitale, dans le temps où nous vivons, il en est d'autres, cependant, qui sollicitent encore davantage l'attention du législateur; car la grandeur morale d'un peuple dépend de la solution qu'on leur donne.

Deux systèmes sont en présence, celui des principes de 89 loyalement appliqués et celui des restrictions et modifications sans nombre apportées à ces mêmes principes par une interprétation machiavélique. On les énonce en passant dans une constitution, quand on veut capter des suffrages, et puis on les travestit de telle sorte que ce ne sont plus les principes de 89, mais ceux d'avant 89.

Que M. Rouher s'abstienne donc de toucher de près ou

de loin à la charte immortelle promulguée par la première Constituante.

S'il parle de la presse, on lui rappellera le régime administratif substitué à la juridiction des tribunaux ;

De la liberté électorale, les candidatures officielles ;

De l'inviolabilité des représentants de la nation, les arrestations nocturnes du 2 décembre ;

De l'indépendance de la magistrature, les commissions mixtes et le courtage électoral des juges de paix, etc.

Sera-t-il possible à M. Rouher de naviguer entre tant d'écueils et d'éviter Charybde ou Scylla ?

Son intérêt lui conseille également de ne pas toucher à la politique extérieure de l'empire ; jamais elle ne fut plus déplorable, plus anti-française que sous le dernier règne. C'est elle qui a créé au sud-est de la France, pour la maison de Savoie, un vaste royaume de plus de 20 millions d'âmes et fait de l'Allemagne une puissance formidable, étroitement unie sous le sceptre du roi de Prusse, couronné empereur dans le château de Versailles. C'est elle qui nous a valu l'humiliation du Mexique et la risée de l'ancien et du nouveau monde ; qui a détruit notre vieille influence en Italie, en ruinant, par une complicité pleine d'hypocrisie et de détours, le pouvoir temporel du Saint Père ; qui nous a laissés sans un seul allié en Europe ; c'est elle enfin qui, par une déclaration de guerre insensée et une incurie sans exemple dans nos annales, est responsable du plus grand malheur qui puisse frapper un peuple, l'invasion du territoire et la perte de ses provinces.

Les thuriféraires de M. Rouher engagent eux-mêmes leur patron à ne pas s'aventurer sur le terrain de la politique extérieure. Dans une de ses lettres à l'*Union méridionale* (journal ultra-bonapartiste de Toulouse, n° du 4 juin), M. Jules Richard, après avoir représenté M. Rouher com-

me le plus habile financier, *l'homme qui a le plus fait
pour le bien commercial, industriel et agricole du pays*,
ajoute : « Si l'Empire ne l'eut pas mêlé à sa politique exté-
» rieure, pour laquelle son puissant talent de parole a été
» trop souvent mis en réquisition, les Français les plus
» jaloux de la liberté et de l'honneur du pays n'auraient
» aucun reproche à lui adresser; mais la politique extéri-
» eure de l'Empire, que beaucoup d'impérialistes *d'au-
» jourd'hui* ne lui pardonnent pas encore, est une fatale
» concession faite aux radicaux. »

Nous posons ce dilemne à M. Jules Richard : ou M. Rouher partageait les idées de son maître sur la question des
nationalités et des races, ou il les regardait comme le songe
creux d'un esprit malade. Dans le premier cas, il n'était pas
nécessaire de réquisitionner la puissance de son talent
oratoire ; dans le second M. Rouher n'était plus qu'un rhé-
teur plus ou moins habile, se servant de la parole pour dé-
guiser sa pensée.

Supposons, pour son honneur, qu'il était convaincu de
la légitimité de ses théories et des avantages que leur ap-
plication au monde européen devait apporter à la France ;
mais alors que penser de sa capacité politique et du titre
d'homme d'État que lui décernent à l'envi ses admirateurs?

Le passage de la lettre de M. Jules Richard que nous ve-
nons de citer est vraiment curieux et quelque peu naïf. Les
impérialistes *d'aujourd'hui*, dit-il, ne pardonnent pas encore à M. Rouher sa politique extérieure; ceux *d'aujour-
d'hui*, cela se comprend à merveille, mais ceux *d'autrefois*,
c'est autre chose. Alors, tous les impérialistes sans distinc-
tion, courtisans, sénateurs, députés officiels, préfets, sous-
préfets, maires, etc., applaudissaient en chœur aux expé-
ditions d'Italie, du Mexique, de la Chine, de la Cochin-
chine et surtout à la déclaration de guerre contre la Prusse.

A cette dernière époque si rapprochée de nous, M. Rouher n'était pas seulement *amnistié* mais il était *encensé* et porté aux nues par ceux-là même *qui ne lui pardonnent pas encore aujourd'hui sa politique extérieure.*

Pourquoi M. Jules Richard a-t-il glissé au milieu des louanges qu'il prodigue à son idole cet amer souvenir? A-t-il voulu jouer le rôle de l'esclave murmurant à l'oreille du triomphateur montant au Capitole et enivré de sa gloire ces paroles sévères : *Souviens-toi que tu es homme.*

Il est vrai que, pour ne pas laisser à M. Rouher cette pénible impression, le rédacteur du *Gaulois* plaide les circonstances atténuantes ; *la politique extérieure de l'Empire était,* s'il faut en croire M. Jules Richard, *une fatale concession faite aux radicaux.*

D'abord il ne faut jamais faire de concessions *fatales* à qui que ce soit, amis ou ennemis, et puis, s'il nous en souvient, l'opposition n'a jamais voulu ni de l'expédition du Mexique, dirigée contre le républicain Juarez, ni du pillage du palais d'été de S. M. l'empereur de la Chine, ni enfin de la guerre contre la Prusse, qu'elle considérait à bon droit comme téméraire et prématurée.

Si quelques radicaux ont approuvé la compagne d'Italie, ils ne l'ont pas du moins préméditée. La réception faite à M. de Hubner, représentant de l'Autriche, le 1er janvier 1859, et le mariage du prince Napoléon avec la princesse Clotilde, à la fin du même mois, démontrent que le projet de cette injuste entreprise, germe de tous nos malheurs parce qu'elle fut l'origine de toutes les spoliations, était depuis longtemps arrêté entre l'ancien insurgé des Romagnes et Victor-Emmanuel (1).

(1) Louis Bonaparte se met à la tête d'une poignée de braves et, muni d'une seule pièce de canon, s'empare de Civita-Castellane ; de là il rejoint son frère

De tous les ministres de l'Empire M. Rouher est celui qui a brisé le plus ouvertement avec les traditions séculaires de la France, pour se rallier à une politique d'aventures. La rupture de l'équilibre européen, cause de tous nos désastres, comme l'a dit M. Thiers, est l'œuvre capitale de l'ex ministre d'État. N'est ce pas lui qui a inventé l'ingénieuse *théorie des tronçons* qui, soudés par la main si habile de M. de Bismarck, nous ont accablés de tout leur poids? N'est-ce pas enfin aux derniers conseils de M. Rouher que doit être imputée pour une large part la manœuvre qui porta l'armée de Châlons sous les murs de Sedan? Il a déclaré lui-même devant la Commission d'enquête qu'arrivé le 20 août 1870 au grand Mourmelon, il avait énergiquement combattu le projet du maréchal de Mac-Mahon, qui voulait se replier sur Paris et créer autour de ses remparts des armées volantes destinées à inquiéter et à fatiguer l'ennemi.

Il est vrai que, dans le but de justifier son opinion, M. Rouher nous représente Bazaine abondamment pourvu de munitions et de vivres et pouvant, par un vigoureux effort, marcher à la rencontre de l'armée de Châlons; mais à cette époque toute jonction était impossible, à cause de l'interposition des *masses prussiennes*, et le plan du maréchal de Mac-Mahon offrait seul des chances de succès. Écoutons à ce sujet M. Thiers, dont la compétence ne saurait être contestée : « J'ai été, dit-il, pendant quelques jours membre » du Comité de défense, dont quelques uns de mes collègues, ici, et M. le général Trochu faisaient partie; nous » nous réunissions tous les soirs de huit heures jusqu'à

aîné à Bologne et soutient une lutte désespérée contre les *hordes autrichiennes.* (*Histoire de la famille Bonaparte,* par Ambrosini et Adolphe Huard, ouvrage honoré de la souscription de S. M. Napoléon III, — p. 403, Paris, Lebigre-Duquesne frères, 1860.)

» deux heures du matin. M. le général Trochu et moi nous
» ne cessions de supplier le gouvernement de ne pas com-
» mettre *une dernière faute mortelle,* celle de tenter une
» chose impossible, en essayant de percer ce mur d'airain.
» Quand on parlait de débloquer Bazaine, je. disais : Vous
» aurez deux bloqués au lieu d'un ; j'aurais pu dire, hélas !
» deux capitulés ; mais je ne prévoyais pas l'immensité de
» nos malheurs. *Là, notre ruine a été consommée* (1). »

(1) Les conseils donnés par M. Rouher à ce moment décisif étaient de nature
à engager d'autant plus sa responsabilité qu'il avait quitté Paris sans aucune
mission du gouvernement, sans avoir même vu la régente et ses ministres. La
pression que M. Rouher tenta d'exercer sur le maréchal et la résistance de
celui-ci résultent des paroles mêmes que l'ex président du sénat dit avoir
prononcées et qui témoignent de son profond dépit : « N'étant ni maréchal ni
« homme de guerre, je ne pousse pas plus loin mon insistance. »

Il est, dans la déposition de M. Rouher, un autre passage qui témoigne de
son peu de générosité envers le héros de Malakoff, de Magenta et de
Reischoffen ; après avoir prétendu que le maréchal avait télégraphié de Reims
que, sur une dépêche plus rassurante du maréchal Bazaine, il avait modifié
ses plans et se décidait à marcher sur Metz, M. Rouher conclut en ces termes :
« Donc, les lenteurs de cette marche de Mac-Mahon n'ont été le résulta t d'au-
» cune pression de la régence, d'aucune immixtion de l'empereur, mais des
» décisions personnelles, libres et indépendantes inspirées par la tactique du
» maréchal. »

Pourquoi rappeler ces lenteurs ? Ce souvenir était de trop dans la conclusion
de M. Rouher. Qu'avait-il à prouver ? une seule chose, c'est que le maréchal
avait changé d'avis spontanément ; il était donc superflu de parler de l'exécu-
tion même du plan. Mais il fallait avant tout disculper le maître et son en-
tourage aux dépens de l'homme de guerre le plus respecté par la nation, qu'il
a toujours servie avec un dévouement sans bornes, de préférence à tout intérêt
dynastique. D'ailleurs, qui pourra jamais croire que l'empereur, avec le carac-
tère d'opiniatreté et d'absolutisme qu'on lui connaît, ne se soit pas immiscé
directement ou indirectement dans les opérations, ou tout au moins ne les ait
entravées par sa présence ? Quand un souverain, au milieu d'une armée en
campagne, abdique le titre de *généralissime,* il devient pour le soldat un
personnage inutile, et pour le général en chef une gêne et un embarras. Or,
telle était la pénible position de Mac-Mahon, obligé de garder auprès de lui
l'ex empereur, que le conseil des ministres et M. Rouher lui-même éloignaient
de Paris par des motifs politiques et poussaient du côté de Metz.

En exigeant de M. Abatucci l'abandon de son siège pour y installer M. Rouher, que certains appellent le *Berryer de l'Empire*, le parti bonapartiste a cru que le plus sûr moyen de rétablir ses affaires était d'appeler à la tribune l'ex ministre d'État et d'opposer son éloquence à celle de M. Thiers. De si belles espérances seront-elles réalisées ? Nous ne le pensons pas. M. Rouher a été trop profondément engagé dans la pensée et la politique impériales, depuis le coup d'État du 2 décembre jusqu'au dithyrambe guerrier qu'il lut au sénat dans la séance du 15 juillet 1870, pour discuter certaines questions qui le forceraient à marcher sur des charbons ardents.

Si l'immortel Berryer n'a pu, sous le gouvernement de Juillet et les régimes qui ont suivi, demander ouvertement la restauration de la monarchie héréditaire, qui fut le culte de toute sa vie, il lui restait du moins le vaste horizon de la liberté et des grandes causes nationales. Encore enfant, il s'était épris d'un vif amour pour les réformes de 89, en lisant les procès-verbaux de l'Assemblée constituante ; cet amour l'emportait même sur celui qu'il avait voué à la monarchie. Malgré l'échafaud de Louis XVI et l'horreur que lui inspiraient les forfaits de la Convention, il loua cette assemblée d'avoir sauvé l'intégrité du territoire et ne craignit jamais qu'une interpellation s'adressant à sa personne vint le frapper en pleine poitrine, l'humilier ou l'amoindrir devant ses collègues.

M. Rouher a-t-il jamais été, sera-t-il jamais dans les mêmes conditions ?

Le maréchal de Mac-Mahon ayant, par un sentiment exagéré de modestie et de généreuse pitié pour le malheur, assumé sur sa tête la responsabilité de la marche sur Sédan, M. Rouher aurait dû être touché de cette loyale et noble conduite et ne pas rappeler les aveux de celui qui ne s'est condamné lui-même que pour ne pas accuser autrui.

Prétendre, avec l'un des rédacteurs du *Gaulois*, que l'ex ministre d'État est déjà le chef et le défenseur de la majorité d'une Chambre qui a voté la déchéance de Napoléon, c'est outrager cette majorité, qui n'a nul besoin de M. Rouher pour se protéger elle-même (1).

Cette outrecuidance des feuilles impérialistes, qui se croient revenues à cet âge d'or qui vit M. Rouher dicter des lois à ses féaux, révolte tous les cœurs honnêtes au sein et au dehors de l'Assemblée.

On consulte M. Rouher avec empressement, dit M. Jules Richard, *on l'écoute avec déférence, et je présume que s'il n'avait pas été ministre de Napoléon III, on lui offrirait non pas la survivance de M. Thiers, mais sa succession avant décès* (2).

Ce *si* est vraiment adorable ! Hé bien oui, c'est parce que M. Rouher, qui n'a pas changé depuis le 4 septembre, a été le ministre, le complice et le sosie de Napoléon, que l'Assemblée ne veut de ce vice-empereur ni pour président, ni pour chef, ni même pour défenseur.

A peine arrachée aux serres de l'aigle renversée par un arrêt de la Justice divine, la France, trahie par ses mandataires, retomberait-elle sous un joug odieux ?

Que les bonapartistes n'espèrent pas de l'Assemblée une dégradation pareille; aussi sincèrement dévouée à la cause d'une sage liberté qu'au maintien de l'ordre et au respect des lois, elle arrachera le masque à toutes les hypocrisies, déjouera les machinations, comprimera les révoltes et saura se garder.

(1) On lit dans plusieurs journaux que M. Rouher aurait proposé à certains membres de l'Assemblée de constituer un grand parti qui veillerait à la défense de l'ordre et des principes sociaux, mis en péril par le radicalisme. On sait ce que le mot *ordre* signifie quand il est prononcé par la *Sainte-Hermandad* de l'Empire et par M. Rouher en particulier. Cet *euphémisme*, habilement employé pour endormir les naïfs et les simples, nous rappelle la fable du loup déguisé en berger.

(2) *Union méridionale*, 4 juin 1872.

www.ingramcontent.com/pod-product-compliance
Lightning Source LLC
Chambersburg PA
CBHW061431170626
46811CB00005B/2227